PASOS SIN RUMBOS

MANUEL A. MELÉNDEZ

.SUNNYSIDE, NEW YORK.
.2022.

DEDICATORIA

Con mucho amor dedicó este libro a mí bella madre,
Angelina. Aunque Dios llamó tú nombre y te tiene ahora en
Su paraíso, siempre vivirás en mi corazón. Te amo,
Mamita. Bendicion.

LIBROS DE MANUEL A. MELÉNDEZ

NOVELAS:

WHEN ANGELS FALL
BATTLE FOR A SOUL
THE COWBOY
BATALLA POR UN ALMA

POEMAS:

OBSERVATIONS THROUGH POETRY
VOICES FROM MY SOUL
THE BEAUTY AFTER THE STORM
MEDITATING WITH POETRY
SEARCHING FOR MYSELF

COLLECCIÓN DE CUENTOS:

NEW YORK CHRISTMAS VOL. 1
NEW YORK CHRISTMAS VOL. 2

NOVELAS CORTAS:

IN THE SHADOWS OF NEW YORK

AGRADECIMIENTOS

Es una gran alegría de satisfacción cuando coloco el último punto para cerrar un manuscrito. Nunca pasa de moda, especialmente con esta colección de poemas generados a partir de una idea que se convierte en una posibilidad al comienzo del nuevo año. Por lo general, cada abril, como cualquier otro escritor, participo en lo que se conoce como el Desafío 30-30 de poesía de abril, que consiste en escribir un poema todos los días durante todo el mes. Este año, aunque he escrito poemas en español en el pasado, todos mis libros, desde mis novelas hasta cuentos y colecciones de poesía, están en inglés. Por lo tanto, en este Desafío de abril decidí escribir todos los poemas en español y, armado con un diccionario español-inglés, me preparé para la tarea. Pero la vida tiende a poner trabas en tu camino de alegría, ya fines de febrero el fallecimiento de mi hermosa Madre me devastó de una manera que nunca imagino la angustia, el dolor, el vacío que envolvía hasta lo más profundo de mi alma. Mi madre fue mi faro de luz y la inspiración de muchos de mis poemas en español, especialmente durante el Día de la Madre. Ella era mi mayor admiradora y su sabiduría y aliento siempre estuvieron ahí, principalmente cuando necesitaba ese empujón extra para seguir adelante. Y este año necesitaba ese empujón más que nunca, y mi querida Mamá no me defraudó. Ella me guio a través de algunos poemas que desgarraron mi corazón mientras los escribía, y sentí, incluso ahora, mientras escribo este reconocimiento su presencia.

En esta colección incluí algunos poemas que había escrito antes, algunos ya publicados en mis libros de poesía anteriores, pero el 95% de esta colección se inspiró en su amor y la tristeza que trajo su pérdida. Los poemas se convirtieron en el consuelo que necesitaba para sobrellevar el tener que aceptar la decisión de Dios de traerla a su hogar celestial.

No podría haber escrito este libro sin ella, y también sin el amor de mis hermanos Carmen, José y Lydia. Además, quiero agradecer a mis cuñados, Marty y Oscar por todo, y un fuerte abrazo a mi sobrino Phil, mis sobrinas Jennifer y Stephanie y sus hermosas hijas Skyleen e Izabella. Otro sincero agradecimiento y amor a mi hijo, Manny. Eres mi roca y mis hermosos nietos, Eva y Nikolas. Si no crees que hay ángeles entre nosotros, entonces no has conocido a estas dos almas maravillosas.

Un gran saludo a Dolores, Hudson, Hunter y Juliet, gracias por ser parte de esta familia.

Además, mi reconocimiento por el destacado trabajo de Carlos Alemán en el diseño del libro y la increíble edición de Juliana Benavides, les agradezco a ambos.

Mi más profundo agradecimiento es para mi hermosa Madre, Angelina. Tu amor, inspiraciones y tu humilde sonrisa, siempre los llevaré en mi corazón. ¡Te amo mucho! Bendición.

Y por último pero no menos importante, gracias Dios por estar siempre a mi lado con tu amor y protección.

ÍNDICE

LA CARTA DE HOY 1

ESCUCHA MI CORAZÓN 2

EN UNA TABERNA 3

LLANTOS DE LA SOLEDAD 6

ALABADO—ALABADO 7

ABRAZOS DE ÁNGELES 10

CAMINANDO CON PAPI 11

AMOR DE FAMILIA 13

PASOS SIN RUMBO 15

OTRA VEZ MÁS 17

¿QUE TE PUEDO DECIR? 18

QUÉ LINDA 19

NO QUIERO MIRARTE, MUJER 20

TRISTE MUJER 22

LÁGRIMAS DEL CIELO 23

SENTIMIENTOS 25

NUBE OSCURA 26

UNA MIRADA 27

MAÑANAS DE ENCANTO 28

BRINDES DE LA NOCHE 30

JARDÍN ABANDONADO 31

UN VIENTO MALGASTADO 32

QUE SE CALLE LA VELLONERA 33

GRITOS A DIOS 34

MIS INVENCIONES 35

UNA CARTA DE AMOR 36

LA SOLEDAD 38

SOÑAR 40

DÍA DE LAS MADRES 41

ALUMBRANDO NUESTROS CAMINOS 42

AMOR HECHICERO 44

UN SECRETO 45

NOCHES DE NUEVA YORK 47

SUEÑOS BODEGUEROS 49

VUELOS DE BALAS 51

FRANKFURTERS...53

BALCÓN DE HIERRO...55

EL PARQUE CENTRAL..57

LA MARQUETA 60

EL SANTO...63

TU SONRISA...64

CANCIONES DEL AYER 65

MADRE AMADA..67

¿QUIÉN ERES TÚ?..69

LA FLOR DE MI JARDÍN 72

DESDE LEJOS..75

SENTIMIENDO DE MADRE...76

TE BUSCO...78

DENTRO DE LAS MEMORIAS 80

MI RESURRECCIÓN 81

HECHIZADO 82

MI LINDO BORIQUÉN...83

SIEMPRE TE ESPERO 85

¿CUÁNDO VOLVERÉ?...86

EL RETRATO ROBADO 88

¡AUXILIO, SOCORRO! 91

CAFÉ CON LECHE..93

NOVATOS DEL AMOR..95

DEBAJO DE UN ÁRBOL..97

CELEBRACÍON DE VINO 98

OBRA MAESTRA..101

MALDITO EL DÍA 103

LA TACITA DE MAMI...104

EN SUEÑOS, ESCUCHO TU VOZ 105

FLORES PARA MAMÁ 107

ABRAZOS EN TU RETRATO 109

AMOR PERDIDO..111

EN UN CUARTO DE MEMORIAS 112

CONSTRUYENDO UN POEMA...114

EN LA COCINA DE MAMÁ..116

PASOS SIN RUMBOS

LA CARTA DE HOY

Con sueños ya soñados
con ojos descansados
y con una linda mañana
sonriéndome por mi ventana.

Una música que calma mi alma
serenando con alegres canciones
de pajaritos perchados en árboles
—como lo que son—
nuestros lindos angelitos.

Descendiendo de las nubes blancas
llena con oraciones de santas
trayendo mensajes y bendiciones
de Nuestro Padre que está en el cielo.

El fuerte abrazo que siento en mi cuerpo
envuelto en el aire puro
que entra en mi espíritu
con ese amor de un nuevo día.

Todo eso viene con tantas bondades
caricias de las alas de Ángeles
con sus regalos llenos de armonía
y diciendo en voz baja
sus avisos y lecciones buenas.

Qué bello es el amanecer
con ese abrazamiento
nacido en las nubes
navegando en esta aurora
para traer lindas conversaciones
en los mensajes que empiezan;
"Buena mañana, La Carta de Hoy."

ESCUCHA MI CORAZÓN

Acércate mi preciosa joya
para que tu corazón
escuche en claridad
cómo canta el mío.
Entonces así
es mejor dejarlo
que sus conversaciones
sean íntimas.
Que hablen con sus idiomas
nacido por los poderes
de un rico amor
que se brinde hoy
como un recién nacido.

No tengas miedo mi linda flor
que en estas tinieblas
que nos cubren ahora
pronto se convertirá
en rayos de un amarillo sol
lumbradas en cielos azules.

Piensas que yo te tengo
en un pedestal
como la reina
que tú eres,
la reina de mi alma
mi amor hechicero
que quiero compartir
contigo toda mi vida.

EN UNA TABERNA

Sentado en una mesa en una taberna
que mis pasos encontraron
en un camino largo
por calles de un vecindario
no conocido, pero disfrutado.
Estuve muy alegre
y con un poco de cansancio
entré en esa taberna
para beberme una o dos
copas de vino
y quizás comer algunos antojos
antes de seguir mi rumbo
para quitarme este aburrimiento
que me tenía enloquecido.

Una música Mejicana
tocaba una vellonera antigua
donde dos tristes mujeres
bailaban con ojos cerrados
y sus bocas pintadas en un
escándalo color rojo,
cantaban las palabras de las canciones
sin ningún ritmo o clave.
Y para mí se veían más como payasas,
pero de no ser cruel decidí
mandarle mis aplausos
y un saludo de caballero
con mi gorra en el aire.

Una linda mujercita
de ojos castaños
y rizos que caen a sus hombros
se acercó a mi mesa
para conseguir mis deseos
de bebida y comida.
Y con una bella sonrisa
y coquetería se despidió
dejándome solo
con mis pensamientos.

Y para no estar ahí sentado,
enseñando mi tristeza,
decidí buscar mi libreta y pluma
de mi bulto
para escribir otro poema
que pesaba mi corazón,
destruido
por el amor que ella no quiso
antes de tirarme en la calle
como el perro que ella dijo
que soy yo.

Con llantos de la tinta de mi pluma
escribí por un largo tiempo
que ni me di cuenta
cuando las copas de vinos
y la comida llegó a mi mesa.
Tampoco oí a la linda señorita
decir buen provecho
porque ahora abrí
estas venas llenas de tristeza,
y usando mi sangre cómo tinta,
puse mis ansias
en un papel mojado
con lágrimas que salían
de mi pobre corazón.

Mujer de mi pasado
porque todavía me persigue
destruyendo esta vida
que ya no quiero.
Que prefiero una distancia
de todo lo bueno
que las mañanas me ofrecen
al despertar de las horribles pesadillas
que mis noches son esclavas
llenándome con gritos y locos llantos
por un amor que tú me quitaste
sin ninguna razón.

Ahora borracho y derrotado
miré donde las dos mujeres
bailaban y cantaban,
pero el piso estaba vacío,
la música callada.
Solamente una lluvia afuera
conspirando con una tormenta
que venía con truenos y rayos.
Buscando a la linda señorita,
estuve sorprendido
que yo era el único en esta taberna
llenas de sombras negras.
Y como un niño azorado
grité, pero nadie estuvo
para oír mis llantos.
Y solo con mis penas
salí de la taberna
y me tiré en los brazos de la lluvia
y sin rumbo los dos andamos
sobre la tormenta que viene
con destrucción.

LLANTOS DE LA SOLEDAD

Permíteme que mis palabras
sean silenciosas
como las sombras
que vienen por tu ventana
sin ninguna razón de venir
solamente,
cuando los corazones
deciden conversar
en íntimos secretos.

Quiero en este momento
dejar que mi alma busque a la tuya
y dejarla amarse con la mía
como dos seres que exigen
unirse para siempre.

Por favor, no me niegues
ese amor que deseo
tenerlo en mis brazos.
Porque te digo mujer
que... que
los dos sabemos
que el destino
nos colocó en las entradas
de nuestros corazones.
Es una pasión
exclusivamente aspirado
en vivir enrollado en los gritos
de los llantos de la soledad.

ALABADO—ALABADO

En un bosque de mi vida
lo enterré.
Ese monstruo que me daba pesadillas
y me tenía preso.
Entrapado en una jaula de hierro
maldiciéndome cada día
maltratándome con castillos
mientras se sonreía
a mi débil pobre corazón.

Con sus bebidas de demonio
con su veneno
que me llenaba mis venas
y no me dejaba quieto,
porque día y noche,
me tenía como esclavo
con sus bebidas de agua caliente
quemándome mi celebro,
con su fuego de flamas rojas
devoraba todo lo que tenía
en esta alma equivocada
con embustes y desengaños.

Pero hoy decidí confrontarlo
y en peleas como de perros de calle
finalmente, yo me levanté;
no más tenerle miedo
no más sentir que tengo
que aceptar ese camino viejo
que tantos paseos
me di por sus campos.

En risas falsas
y bailando solo
con una música que solo yo oigo
en esas parrandas que me enloquecen.

Pero ya no quiero
esas falsedades
y por eso,
hoy finalmente lo enterré
en un barrio oscuro
lleno de mis viejas misericordias,
pero pronto caminé por las calles
donde muchos en sus fiestas
me miraban
me ofrecían sus bebidas de engaño.

Y con una nueva fuerza,
salí con mi ser querido,
mis nuevos pensamientos
de coger otro camino
donde me das más cariño.
Y en la mesa de una barra,
escribí con dedos sangrados,
no más cervezas
no más vino
no más licor.
Mas nunca seré esclavo
porque hoy yo entierro
a ese charlatán
que yo creía
que era mi mejor amigo.
Sino en verdad era un demonio
que me tenía engañado.
Pero basta porque ahora
lo veo con ojos
más nunca ciegos.

Alabado... alabado
sea el Señor.
Hoy nací como un hombre nuevo
y con risas cascadas de loco
corrí por esos barrios
que no quiero tener más partes
de sus funciones que no valen más.

Ahora con un amor divino
con una alegría que me consume
mi linda alma
escribo este poema
como testamento
que enterré
a ese brujo
y nunca otra vez
sentiré sus malos consejos.

Alabado... alabado
¡Sea el Señor!
Y en un sueño que ahora yo me encuentro
al frente de una linda señorita
que quizás será mi angelita guardiana
que me ofrece un jugo mezclado
con agua sagrada
para limpiar mis venas,
y en un brindis de celebración,
que hoy finalmente
puse en ese viejo barrio
mis tormentos
en forma del entierro
de ese falso que más nunca
quiero verlo
ni en sueños o pesadillas.

¡Porque hoy yo
finalmente lo enterré!

Alabado... alabado
sea el Señor.
Alabado... alabado
mi nueva viva
empezó.

ABRAZOS DE ÁNGELES

Un abrazo
fuerte
tierno
largo
y lleno de amor
alaba
la nueva mañana
con tus deseos nacidos
en los simples brazos
de ángeles
bendecidos por Dios.

Una sonrisa
entra en mis labios
llenando el corazón
con luces
de todos los colores
de arcoíris
formado en las Glorias
y que ahora nos cubres
como nubes
que besan el cielo
y acaricia los rayos del sol.

Un abrazo les brindo
porque fue un regalo
que Dios nos mandó
para que siempre
su amor sagrado
nos acompañe
como sus aguas frescas
de su manantial.

Bendiciones.

CAMINANDO CON PAPI

Por las calles de tu Barrio
hoy yo andé.
Con memorias viniendo
en cada paso.
Un viento frío
recordando el pasado
que nunca olvidaré
de esos días cuando
este mundo
eran nuevas aventuras
llenas de maravillas
y tremendas sorpresas
que encontraba
en cada esquina
de esas calles alienadas.

Hoy, en este día que te fuiste,
en los coches guiados
por caballos blancos
y alas de oro.
Llevándote
a las puertas donde San Pedro
te esperaba.
Tú, entonces, hoy,
decidiste invitarme
a un paseo
para andar nuevamente
en tus pasos
por esas calles del viejo Barrio.

Qué alegría
entró en mi alma
cuando alcancé
el sitio
que tu llamabas
tu casa.
Y en los pasillos
donde tú recibías
el sol de las mañanas,
yo me senté
en el mismo lugar
que tú veías el mundo
pasar en lentos pasos.

Oír tu voz en el viento frío
ver tu rostro en las nubes
que adorna el cielo.
Y sentí tus caricias
en las sombras que te cubrieron
cuando el calor del verano
solo brindaba fuego.

Qué lindo regalo
me has dado
en este día que lloré
en mi doloroso silencio.
Cómo te oigo
en los suspiros de pájaros
tus bendiciones
que siempre llevo en mi corazón.
Y hoy, especialmente lo oigo
como si fuera ayer.

"Que Dios te bendiga y que La Virgen te cuide"

AMOR DE FAMILIA

Como un sueño
nacido en las tinieblas
de una noche
que acaricia tu alma,
yo fui testigo
de las sonrisas de ayer.

Esas que nacieron
como flores
de muchos colores
en los maravillosos
jardines de nuestros pasados.

Y cubrió en cielos azules
coronado con arcoíris
que enseñan las glorias
de Dios.

Y en profundos pensamientos
yo levanto mi rostro
y con ojos curiosos
me fijo en cada detalle
que las nubes blancas
como brillante nieve
me ponen en mi vista larga.

Qué preciosos recuerdos
llenan mi alma
mientras lágrimas de alegría
bañan mi rostro.
Porque esas memorias
las llevo siempre
en mi corazón.

Alabados son esos tesoros
que nacieron en abrazos y besos
celebraciones y triunfos
encerrados con ese amor de familia
que siempre nos tiene a todos nosotros
en un círculo que nada en el mundo
puede romper.

Con Ángeles Guardianes es
alumbrado el camino
en donde nuestras huellas
se quedan oprimidas
para nunca perder los sentidos
de donde vinimos
y para dónde vamos.
Y solamente este amor de familia
siempre será la guía
de los paseos que juntos cogemos
en abrazos fuertes
y bendiciones que cantamos
como los Jibaritos de los montes
al madrugar.

"Le lo lai,
Le lo lai,
Le lo lai."

PASOS SIN RUMBO

En un camino extraño
puse mis pasos
—lentos—
pues no había prisas
o de sitio de llegar
era solamente una andada
para quitar el aburrimiento
del día.

La mente
como siempre
hablando con tonterías
como un niño inquieto
que no quieres respetar
y yo como un padre novato
dejé que siguiera sus gritos
mientras hacía lo posible
de no ponerle mucha atención.

Pero una voz pequeña
entró en esos gritos de loco
y mientras mis pasos
andaban sin rumbo,
decidí escuchar a esa voz
que como magia
silencio la mentalicé
llenando mi alma
con mucha alegría.

Me contó cuentos lindos
que me hizo ver imágenes
de mi rica niñez
oí canciones bellas
y cómo las cantaba
mi Madre en las mañanas
mientras el oloroso café
me despertaba.

Ahora mi sonrisa
se convirtió en lágrimas
bañada en la nostalgia
de esos tiempos del dulce ayer
que me acarician mi corazón
con ese amor que solo
una familia unida
puede dar.

Y en un contento
abrazo sentí
los fuertes brazos
de cada uno de ustedes,
mis lindos seres queridos,
que siempre los traigo conmigo
en esos pasos lentos
de meditación.

Y en simple palabras
de un poema que esa voz
en mi mente sigue formando,
sé que son mensajes angélicos
que vienen mezclando en el aire
para que nunca nos olvide
que no estamos solos
pero que cada paso
que cogemos
los pasos primeros son de esos
brillantes ángeles
que nos guían
con el dulce amor
de las glorias De Dios.

OTRA VEZ MÁS

Tus labios
todavía los recuerdo
con sabor de vino
—vino rojo—
como la sangre en mis venas
que imploran por tu ausencia.

Tu mirada
con esos ojos de España
que llenabas mi corazón
con ansias
de tenerte
otra vez
arropada en mis brazos.

Mujer,
por qué
viniste a mi vida
trastornando
mi mente,
y después te fuiste
y me dejaste herido
como un pobre animal
buscando su destino.

Y ahora,
cubierto en las oscuras sombras
de una noche fría,
temblando
con un solo recuerdo de ti,
y tan siquiera sentir
tu caliente amor,
tan siquiera una vez,
otra vez más.

¿QUE TE PUEDO DECIR?

¿Qué te puedo decir mi padre?
En este día de agonía
oscurecido por las lágrimas
en mis mejillas.

¿Qué puedo decir mi padre?
Que no te dije ayer.

¿Qué puedo hacer para ti mi padre?
Que se me olvido hacerlo ayer.
¿Cuántos besos te puedo darte?
Besos que no te di ayer.
Qué fuerte te quiero abrazarte,
porque no pude hacerlo ayer.

En la Gloria
te encuentras ahora
entre las nubes
que cubren los palacios de Dios.
Y me dan tantas alegrías
que ahora estás en paz y armonía
y enfermedades no te tocan ahí.
Pero todavía te pregunto mi papi,
mi padre, mi amor.
¿Qué puedo hacer ahora?
Que no pude hacerlo ayer.

QUÉ LINDA

Qué linda tú eres
mi preciosa Señorita
con tus ojos de seda
y tu sonrisa de estrellas.

Con tus cariñosas miradas
de artistas y reinas
y un corazón que me tiene
en sueños del alma.
Cómo deseo tenerte en mis brazos
y llenarte tus labios
con besos de fiebre
que nacen en mis amorosos llantos.

Qué linda tú eres
mi nenita, mi negra te amo,
te quiero
te tengo en mi cuidado.
Tanto te quiero, como te extraño.
Cómo te quiero alabar,
mi bella muñeca de magia.

Te amo, te amo, esa es mi canción.
Desde que despierto
hasta llegar al soñar.
Dame tus besos, déjame acariciar tú cuerpo,
tu alma creada en el celestial.
Qué linda tú eres
mi preciosa joya de oro
mi vida, mi pasión,
mi novia que adoro.

NO QUIERO MIRARTE, MUJER

Mujer,
tú de los labios rojos,
ojos canelas
y corazón frío
—frío—
solamente para mi.

Mujer,
de cabello rizo,
y negro como la noche,
que caen
sobre tus hombros
que yo quiero tocar
al abrazar
tú rica hermosura,
pero qué triste, porque no son para mí.

Mírame mujer.
¿Por qué me extraña?
Y ese corazón, tan lleno de amor.
Lástima que no hay ni una gota
reservada para mí.

Mujer,
de sonrisa coqueta,
de cutis perfecto,
y figura de muñeca.
¿Por qué no me miras a mí?
Pero solo miras,
al que no te quiere,
al que no te ama,
y después te pregunta
cuando lloras así
en la almohada al dormir.

Mujer,
engañadas de sus puños y besos,
de empujes y abrazos,
y sus embustes
que te quiere mucho,
aunque tiene a otra
en su cama de rosas
cuando tú duerme sola
y solo esperanzas palpitan
en tu pobre corazón.

Mujer,
cuando finalmente me mires,
mis ojos serán ciegos,
porque rechazarán
la mirada de ti.

TRISTE MUJER

De lejos,
te vez preciosa,
pero de cerca te vez vieja y triste.
Como que la vida ha sido dura.
Qué lástima qué no te conocí
cuando tus risas despertaban el sol.

Cuando tus manos brindaban
las nubes del cielo,
y tú belleza
era la envidia de otras ellas.

Qué lástima,
porque ahora
solo te miré por un segundo,
y solo puedo ofrecerte
este poema que nunca oirás.

LÁGRIMAS DEL CIELO

Afuera,
la lluvia golpea contra
mi ventana.
Como fantasmas
que vienen
en la noche
para destruir
mis sueños.

Silenciosos asesinos.
Asís son esas gotas de agua.
Que bajan como lágrimas
en callados llantos
sobre la ventana.

Y yo
con un corazón
decaído y agotado.
Le doy una sonrisa
a la noche oscura.
En esa noche bañada
con una lluvia fría.
¿Y por qué no?
Si los dos somos hermanos
nacidos de la misma madre
de tristeza
Y como un loco
perdiendo su mente
abro la ventana.
Dejando que un viento mojado
ataque mi rostro.
Y ahora esas lágrimas
del cielo
se juntan con las mías.

Así lloramos juntos.
Compartimos nuestros dolores,
como la última cena
que un matador prisionero se come
antes que le pongan
la soga en su cuello.

Qué lástima Dios.
Que Usted con sus promesas
que nunca me dejarías solo.
¿Por qué entonces ahora, lloro
al buscarte en el cielo?
Y solamente la lluvia
es la única que me oye.
Y parece que Usted
se ha puesto ciego.
Porque en mi corazón
su amor no lo tengo.

SENTIMIENTOS

Como una preciosa flor,
naciendo en la primavera
carrizada con besos del sol
y abrazada con vientos de la aurora.

Sí, así es que te veo
cada vez que mis pensamientos
se envuelven con esos tiempos del pasado
que nacen en mi corazón.

Te veo como un día
entrando por mi ventana
humilde y tranquilo
y con voces hablando de los ayeres.

Llenándome con alegría
y con brindes de amor
que vienen en las sonrisas
y ofrecidas con bendiciones de Dios.

Mi madre, mi santa madre
tus ojos que aún siendo testigo
de amores, y de dolores
tristezas y ricas alegrías.

Y todos esos sentimientos
los trato de convertirlos
como si fueran los míos
así para tenerlos siempre en mi alma.

NUBE OSCURA

Buscando una nube
en el cielo de otoño.
Una nube oscura
y llena de magia.
Sé que está escondida,
pero eso no importa
porque pronto los rayos del sol
la alumbrará en mis pasos de ansia.

Desde antes que la mañana
toco mi ventana
yo ya estaba buscando
por esa perla en el aire.
Y no es un sueño que tuve
que me contara de ella,
pero una visión que tuve
con la ayuda de ángeles.

Entonces en mi vigilante
busco esa nube
con calma y despacio.
Porque en mi corazón
sé que la localicé pronto.
Y cuando la vea,
de alegría me muero,
y con brazos alzados
volaré hacia esa nube
en ese santo cielo
donde sé que Dios me espera.

UNA MIRADA

Su mirada, pensativa.
Quién sabe lo que esos ojos ven.
¿Será momentos del pasado
o momentos que todavía
buscan las mañanas?

Y yo como un pájaro
perchado en las brancas
de palos viejos la miro
con ansias de preguntarle.
¿Qué tú miras?
¿Qué tú piensas?
¿Cómo yo puedo
ver esos lindos paisajes
que tú vez
y yo solamente puedo soñar?

Hubo días de alegría
de sonrisas y abrazos.
Y palabras para pasar las horas
del día y las noches.
Pero en esos ojos tuyos,
veo que esas conversaciones
ahora existen solo
en tus memorias
que quizás ni ya quieres
recordarlas más.
Por eso como ese pajarito
que te visita cada mañana.
Te quiero cantar una linda canción
para tocar tu corazón
y simplemente
llenarlo de alegría
antes de tirar vuelo
para así usted sea testigo
que tus sueños
tus memorias
son las mías
también.

MAÑANAS DE ENCANTO

Nos sentamos en la mesa
café en mano.
Alumbrados
por un sol brillante
que una mañana de verano
trae tímida por la ventana.

Tú y yo
bebimos el café
en silencio,
pero nuestras almas
como cotorras
hablan sin cesar.

Las palabras llenas
con memorias del pasado.
Sonrisas y carcajadas
que llevan nuestras alegrías
a esos cielos azules
y sus nubes blancas.

Aceptamos las caricias
que la aurora
nos brinda
con mucha delicadeza.

Ay, Mamita
cómo quiero sentir
tus abrazos
junto con tus besos
y tus bendiciones
nacidas en la Gloria.

Bebo el café
en la copa
que fue uno
de tus muchos regalos
y a la vista larga
miré tu retrato.

En silencio alzo la copa
con lágrimas
de mis penosos llantos
y me imagino
que estás a mi lado.

Bebiendo café
y conversando
como lo hacíamos
tantas veces
en esas lindas mañanas
que nos traían tantos encantos.

BRINDES DE LA NOCHE

En pasos tímidos vino la noche
con un silencio profundo
y abrazos con promesas
de lindos sueños.

Una música nocturna
trajo la voz de ella
como canciones de cuna
que me mece con caricias
de niñez.

Qué precioso es el mundo
nacido de memorias y nostalgias.
Ofreciendo esos tiempos de ayer
cuando la vida era un tesoro
y el silencio de la noche
son simplemente toques
que te ponen a dormir.

Ojos cansados
cubierto en tinieblas
brindando ofertas
para que finalmente
tu espíritu
se levante de nuevo
y vuela a ese sitio
donde ángeles te esperan
con brazos abiertos
y las bendiciones de Dios.

Qué tranquilidad
la noche te ofrece.
Y esos sobrecargos del día
no te pesará más.
Porque ahora solamente
alegría y paz
ronca en tu corazón
cuando los brindes de la noche
se acuestan al lado de ti.

JARDÍN ABANDONADO

En unas de mis correrías
para quitar el aburrimiento
puesto en mis cansados hombros
en un día de otoño,
pasé por una humilde casita
que al frente de su puerta
había una montañita de tierra
donde gusanitos se enterraban
y se traveseaban en juegos.

Ni una plantita crecía en el terreno
y me imagino que otros ojos
encuentran tristeza
en ese jardín abandonado
que le falta flores y pasto
y mariposas volando
hasta los cielos azules.

Pero para mí, en verdes de melancolía,
Yo entonces encuentro belleza.
Y unos recuerdos cuando era niño
en mi lindo pueblito de Vega Baja.
¡Allá en mi preciosa Isla del Encanto!

Me acuerdo las horas jugando
Con muñequitos de vaqueros e indios.
Y magníficos caballitos de color castaña
en montañitas de tierras como esas
mientras oyendo las canciones
de mi bella Madre
emergiendo por la ventana
inundando mi corazón
con mucha alegría
y un amor profundo
que brilla como estrellas
que cubren la noche entera
y me abrazan con sueños de esos
encantadores días de anteayer.

MANUEL A. MELÉNDEZ

UN VIENTO MALGASTADO

Déjame platicar
usando palabras
que solo existen
en mi corazón.
Envuelto en silencio
capturado como pobres animales
encarcelados como presos
y que morirán
sin nunca encontrar
la libertad.

Alcanza mis penas
que estrujan mi alma
en un sitio oscuro.
Con pestes repugnantes
y me rodean
como fantasmas
que solo quieren
celebrar mis angustias
y bailar en contentos pasos
con la horrible música
que se abortan de mis llantos.

Por favor Dios.
¿Por qué me extraña?
Rechazando de guiar mis pisadas
en el camino donde Tus maravillas
puedo encontrar.

Mi Sagrado Padre,
si me estacionaste en este
mundo maldito
donde solamente puedo sufrir.
Entonces, ¿por qué te molestaste
en exhalar
ese primer viento malgastado
al yo nacer?

QUE SE CALLE LA VELLONERA

Tú, extrovertida
y yo, introvertido.
Fuimos como aceite y vinagre
en la copa de la vida.

Dos seres creyendo
que dos elementos
como diferentes criaturas
podían existir
como dos palomas de paz.

¡Cuál chiste fue ese!
¿Quién invito al comediante
para ser el escritor de nuestras
vidas finchando de amor?

Nosotros, dos jóvenes soñadores
que como bailadores
en una discoteca
tratando de bailar en sintonía
cuando los dos escuchamos
dos incomparables canciones.

Compañeros, guarden su dinero.
No pongan más centavos
a la vellonera,
dejen que se silencie
porque esas canciones
de selecciones diferentes
igualmente, como nuestro amor
suspendío a tocar la música
y ahora, solo el doloroso silencio,
ha conquistado el momento
y tiene en su posesión
del oscuro salón de baile
y nunca
—tú y yo—
volveremos a bailar
otra vez.

GRITOS A DIOS

El silencio
de la noche
entran con timidos pasos.
Arropándome fuerte
como una corcha
que espanta
el frío de un incompasivo invierno.

Y yo aquí solamente
acompañado
con la tristeza
que me joroba
mis decaídos hombros.
Trayendo una rabia
que solo la bebida agria
trata de controlar.

Con desafíos llantos
le grito a Dios
con maldiciones de borracho
al saber que Él me observa
de su trono de oro
como si fuera una equivocación
cuando me creó.

En suspiros de angustias
le pregunto con labios que tiemblan
y mojados con lagrimas
que hierven mis mejillas.
Le inquiero otra vez
por qué puso a mi lado
una preciosa joya
como lo que tú eres
de mi corazón.

MIS INVENCIONES

Querida,
si te enseño mis debilidades
¿Todavía tú me amarás?
Si eres testigo de mis lágrimas.
¿Mirarás lejos de mí?
¿Si alzo mis brazos
y los ve temblar
entonces correrá distante de mí?

Querida,
te digo
yo soy un hombre con ningunos deseos
de ser el superhéroe.
Solamente la persona en confusión
porque mi capa colorada
con el 'S' en el pecho
solo fue una ilusión
que yo creí para convencerte
quien hombre yo no soy.

Querida,
entonces sique tu camino
porque en una de mis invenciones
yo sé
tú no quieres vivir.

UNA CARTA DE AMOR

Como si yo fuera un dios
mirándolo de mi trono en el cielo
lo observo con interés
a ese pobre hombre
enloquecido por la belleza de ella.

Jorobado sobre una mesa
o quizás sentado a la orilla
de su simple cama
antes de irse a dormir
y soñar con ella,
él escribe su carta de amor.

Me gustaría saber
cuáles fueron sus palabras
que escribió.
¿Fueron dulces frases que él
delicadamente puso
en ese blanco papel?
¿Para enséñale lo que existe en su corazón?

Explicarle ese fuego
que quema en su alma
cada vez que el rostro de ella
y su linda sonrisa se aparecía
en su vistazo.

Como los preciosos ojos de ella
son más bellos que las estrellas
que lucen en el negro cielo
que baja silenciosamente
en sus ensueños
y le dan razones
para él sequir vívir
con la simple consolación
que un día ella
será su esposa
y la dueña de sus ambiciones.

De la distancia de mi imaginación
traté de pensar cómo doblo la carta
con el mismo cariño que quizás
la quiere abrazar.
Qué delicades uso para escribir el nombre
de esa joya que lo llenaba
de una locura de saber
que su vida nunca será completa
si ella no está a su lado
cuando las mañanas reciben
las caricias de Dios.

MANUEL A. MELÉNDEZ

LA SOLEDAD

En la soleda
de mi mundo
me hablo yo mismo.
Conversaciones llenas
de sabidurías.
Expresiones de momentos
de ayeres que quiero olvidar.

Sonrisas se convierten
en carcajadas de rizas.
Porque en mi mente
bañada en locuras
creo que converso
con otra persona
frente a mí.

En la soledad
seres queridos me embrazan
y aplauden mis acciones
que los comentos disfrazados en chistes
y cada importancia
que sale de mis labios
lo aceptan como salmos.

En la soleda
soy el hombre
la persona que todos
quieren tener a sus lados
en el universo
que llenas sus vidas ordinarias
con colores de caleidoscopios.

En la soledad
me siento igual
que la persona que deseo ser,
pero cuando la noche
se desaparece del cielo
y la realidad
entra por mi puerta,
entonces veo el rostro
de la soledad
y es la imagen
en el espejo
de mi mortalidad.

SOÑAR

Qué fácil es soñar
con los cuentos del pasado.
Donde tinieblas esconden
el camino en donde vamos.

En los días de ayer
cuando todo era paraíso
ahí quiero estar para siempre
mientras estoy vivo.

Este futuro lo odio
por tantas complicaciones.
Por eso prefiero morir
en estos sueños queridos.

Por favor no me digas que siga
en los caminos tan oscuros.
Porque prefiero la luz
de las mañanas de mis abuelos.

Sí... en esos días de calmas
y de sonrisas humildes
es donde yo encontraré
la fuerza de mi destino.

DÍA DE LAS MADRES

Qué nos podemos contar
en palabras sin voces,
pero solo en pensamientos
y alegres memorias
de esos ayeres que
nos hacen sonreír
con los lindos retratos
que vemos
con los ojos
de nuestras almas.

Cuántas canciones
podemos cantar
en el silencio
de corazones
que solo nosotros
y ángeles
pueden oír
y si quieren,
sus coros están invitados.

Qué día precioso
como hoy
creado especial
para las madres
del mundo.
Pero yo me alegro de saber
que para mí cada día
es Día de las Madres.

Entonces, si te traigo flores,
sus fragancias se irán
con los vientos de las mañanas.
Pues entonces,
te traigo mi amor
y mis bendiciones;
que Dios siempre
te cuide.

ALUMBRANDO NUESTROS CAMINOS

En una mañana
al amanecer
con un cielo
de color ceniza
y una brisa mojada
de la lluvia que desciende
con silencio en mi ventana.

En pensamientos
me senté en el piso
rodeado con fotos
de recuerdos de ayer.
Y abriendo las puertas
de esas memorias
que llenan mi alma
con la imagen de tu bella sonrisa
que todavía es tan preciosa
como el día que nos la diste
junto con tus bendiciones De Dios.

Retratos en blanco y negro
algunos en colores descolorido
por los años que se colectaron
en este baúl antiguo.
Y hoy por la simple razón
de revivir en la nostalgia
de los mundos de ayer
cuando la vida era joven
y llena de maravillas.
No pude esconder mi alegría
mirando esos momentos
de tiempos capturados
para visitarlos otra vez.

Y en esas horas disfrutando
los tiempos del pasado.
Con sus fuertes abrazos
y ese genuino amor.
Yo pienso,
qué afortunados somos nosotros
de tener ese amor de madre
y que cada paso que hemos cogido
desde la niñez
hasta hoy que somos adultos
tu guía es la única que necesitamos
para seguir el rumbo de vivir.

Bendición, Madre sagrada
Feliz Día de las Madres
y muchas bendiciones
por siempre tener esa luz,
alumbrando nuestros caminos.

AMOR HECHICERO

Acércate mi preciosa joya
has que tu corazón
escuche en claridad
cómo canta el mío.

Es mejor dejarlo así
que sus conversaciones
sean íntimas
que hablen con sus idiomas
brotado por los poderes
de un rico amor,
brindándose hoy
como un recién nacido.

No tengas miedos
mi linda flor
pues en estas tinieblas
las que nos cubren ahora
pronto se convertirán
en rayos de un amarillo sol
lumbradas en azules cielos.

Piensas que yo te tengo
en un pedestal
como la princesa
que tú eres.
¡La dueña de mi alma!

Con la cual,
mi amor hechicero
quiero compartir
con usted, toda mi vida.

UN SECRETO

Un secreto para ti, Mami,
un secreto entre los dos.
No quiero que nadie me oiga
porque este secreto es solamente
para ti.

La mañana de este Domingo
está preciosa.
Y las calles de nuestro pueblito
están silenciosas y mojadas
por la lluvia que cayó
calladita al amanecer.

Y al nosotros salir de la iglesia
llenos del amor de Dios
entonces yo tímido,
y un poco abochornado,
puse mi mano
al lado de mi boca
para decirte este secreto
que tengo para ti.

Y tú, como siempre,
querer placer a tus hijos
te paraste poniendo tu atención
para oír el gran secreto
que tenía yo de decir.

Pues no es
que quiero un limber
de los de coco
que hacía Abuela para vender.
Quizás otro día
yo quiero un limber,
pero eso no es el secreto
que tengo hoy.

Ahora veo tu sonrisa
y tu alegría me das cosquillas
y por eso me río
en esas calles de mi niñez
cuando mis ansias me ponían loco
por ese secreto que brincaba
con armonía en mi inocente corazón.

Y ahora que los años han pasados
y mi niñez solo viven ahora
en esos retratos viejos.
Y en mi memoria de escritor
todavía te tengo que decir un secreto
y perdona por el tiempo que cogí.

Ven Mamita,
este es mi secreto
y es lo que tanto te amo.
Si no me culpas
acércate más junto a mí
en ese sitio que finalmente puedo
decirte este secreto
que siempre ha vivido en mi corazón.

Simplemente quiero decir
que te amo mucho.
Que Dios te bendiga
y que la Virgen sagrada
te cuide mucho.
Y nunca te olvides,
mis simples oraciones
existen en mi corazón
reservadas para ti.

NOCHES DE NUEVA YORK

Arropado en un cielo oscuro,
frío y peligroso.
Y un viento circulando
olores extraños
que no traen nada para calmar
mis ansías.

Entre gritos nacido en mentes locas.
Con sirenas que cortan las noches
de Nueva York,
como cuchillos bañados en sangre.
Y yo como un niño vestido
todavía en inocencia,
miré abajo a esas calles
que me llenaban con terror.

Y con tristeza lloré,
a saber, que mi lindo Puerto Rico
se fue convertido
en una fotografía en un libro
guardado en mi alma.

Finalmente, cansado,
acostado en una cama
de gentes extrañas,
cerré los ojos
para escapar de este mal sueño.

Y mirando
esa noche negra,
un lamento
me llena mi rostro
con lágrimas.

¿Dónde están las lindas
canciones de mi coquí precioso?
¿Por qué no siento brisas entrar por mi ventana
que nacen en los bailes de las bellas palmas?
Moviendo en suspiros un aire mojado
que me traen recuerdos
de olas azules
como las que acaricia las playas,
de mi tierra Borinquén.

SUEÑOS BODEGUEROS

Por la mañana
el bodeguero
salta de la cama
bebe café
con un canto de pan
—pan italiano—
empapado con mantequilla.

Se pone el reloj
un regalo de Cris'ma
de su mujer
se pone
su guayabera
que esconde su pipa
crecida por Budweisers
y Bacardi.

Baja los escalones
en dos y dos
está afuera
en las calles de El Barrio
—su barrio—
anda despacio
no hay prisa
por la mañana
solo sueños
y esperanzas
¿Y por qué no?

Está contento
canta un poquito
mañana regresa
su esposa
de treinta años de matrimonio.

Dios mío, y qué mujer
fue a Puerto Rico
con sus hermanas
de vacación.

El próximo año
para el verano
él le juró
que irá con ella
y quién sabe
quizás compran casa
de retirar.

Está lloviendo
pero puede
que escampe
y venga el sol.

VUELOS DE BALAS

"Muchaco, sale de la ventana
que las balas están volando
como moscas en una pila de caca.
Y si quieres llegar a viejo
no te asomes por esa ventana,
porque Superman tú no eres."

En los ojos de mi madre vi el terror,
el mismo terror en las caras
de la gente en la televisión
que enseñaban en el canal
Cuarenta y siete y en los retratos
en El Diario La Prensa.
'El Campeón de Los Hispanos'.

"Están los morenos locos,
peleándose con la policía
por algo que pasó en New Jersey.
Pero dicen que, en verdad,
empezó en el carajo viejo del south."

Esos eran los comentarios
de mi Papi y tíos,
porque en sus ideas
las mujeres y niños
no tenien boca,
solo oído para que escuchen
y saber lo que le conviene.

Y como niño curioso,
no estaba contento
con esas ideas
de hombres antiguos.
Y en mi silencio aprendí
lo que estaba pasando
en este mundo violento
que era mi nuevo hogar.
Y lo que aprendí en esos primeros días
en Nueva York,

fue la palabra 'racismo'.
Y que mis hermanos morenos,
como mi Abuela Lola,
no estaban invitados
en la mesa de Dios.

En esa noche
mirando las noticias
después que enseñaron
El Show de Myrta Silva,
vi la crueldad de los americanos blancos.
Y en mi silencio de pena
le mandé bendiciones
a mis seres queridos
a mis hermanos morenos
que su piel tenía
el mismo color de mi linda abuela.
Y espero que ella nunca
Sintiese ese odio
por el color precioso
que Dios la pintó.

FRANKFURTERS

Gigantescos monumentos
hechos de cemento,
hierro y vidrio.
Pintado en colores
de ceniza sucias.
Así yo encontré
los edificios de esta ciudad.
No como las casitas
de mi islita,
vestidas en azulito,
como sus playas.
Y algunas pintadas en amarillo
como su sol caliente o
verdes como sus campos
donde los jibaritos cosechan
y crían los puercos y vacas.

Y ese corre-corre de los nuevayorquinos,
como si todo se tiene
que hacer en prisa.
Hasta su idioma americano
que viene como malignos rayos rápidos
de una tormenta.
¡Aha! Y hasta sus perros
que los visten como muñecas,
te quieren morder el culo,
si los miras al pasar por ellos.

Mi Diosito,
en qué barbaridad
yo me encuentro
que no se si voy derecho,
o doblado
como una palma de coco.
Porque tratando de andar como
esto nuevayorquinos,
me tropezó
y no importa si estoy parado
como un palo viejo.

Pero cuando mi tía
me compró algo extraño,
de un señor con un carrito
con una gran sombrilla de telas.
Y le metí diente como
un hombre que no ha comido
desde siglos.
Mi estómago brincó
de una alegría
de esta deliciosa sorpresa.
Y aunque era difícil pronunciar
lo que mi tía y primos
llamaban 'franfurters'
finalmente encontré
algo bueno
de esta ciudad tan fea.

Quizás entonces,
me cambió de mente,
y me acostumbré a averiguar
donde están sus bellezas.

BALCÓN DE HIERRO

Claro que puedo
tocar las nubes,
si están encima de mi cabeza.
Nadando en un lindo cielo azul
que acaricia mis penas.
Pero poco a poco,
se están convirtiendo
en cosas interesantes
que tiene este lugar nuevo.

Hoy estoy parado en un balcón
hecho de hierro.
Erecto en un lado del edificio
y me deja sentir
como un ángel en el cielo.

Detrás de mí está la ventana
donde mi padre y tíos
juegan dominó
mientras se ponen borrachos
con cervezaz frías,
y un ron fuerte y caliente.
Entre tanto Mami y mis tías,
cocinan arroz, habichuelas
con chuletas fritas.

Pero yo estoy disfrutando
en este lugar en que me encuentro.
Porque aquí estoy cinco pisos arriba
que ni los albores pueden alcanzar
mi alegre sonrisa.

Un grupo de palomas vuelan en círculos.
Diferentes clases de música
vienen volando como espíritus
que salen de todos los apartamentos
con sus ventanas abiertas.

Y en esas canciones
cantando en palabras
que no las conozco,
pero me das alegría
en sus ritmos de la nueva ola.

Arriba, bien arriba
veo un avión,
volando para tierras ajenas.
Y me pregunto si va a parar
en mi isla Boriquén,
que todavía la extraño.

Aunque parado aquí,
entre nubes y cielo,
me siento más cómodo
porque finalmente
me estoy acostumbrando
en este país viejo y nuevo.
Que lo estoy conociendo
mirándolo en maravilla,
en este balcón de hierro.

EL PARQUE CENTRAL

De corre-corre
nos fuimos
por las calles
de El Barrio
que todavía
las veía con reservaciones
y duda que alguna vez
estaré cómodo
caminando por ellas.

No tenía ningún cuento
para donde nos llevaban
solamente por la excitación
de mis primos
me imaginaba que era para un sitio
querido por ellos.

En una guagua caliente
y llena de gente
entramos comos soldados
en guerra
mientras mi tía
tiraba monedas
en una caja
haciendo un ruido
como música de tubos y ruedas.

Mis ojos como lentes de cámaras
filmando todo lo que veía
para siempre tenerlo
como una película
de mis nuevas aventuras.

La guagua en brincos y frenos
se paraba en casi cada esquina
dejando pasajeros salírsele
mientras otros entraban
quejándose de tanta gente
apoyados como sardinas.

En un lado de la calle había
lujosos edificios que no se parecían
a los viejos y sucios
donde nosotros vivíamos.
Sin embargo, al otro lado,
gigantescos albores
de una naturaleza que yo nunca
sabías qué existía.

Después de mucho tiempo
mi tía gritó para que todos se salieran
y con su guía entramos en el bosque
de los albores, montañas, y praderas
que para mí fue si estuvieras
entrando en un sitio de fantasía.

El aire me trajo olores
de dulces, de carne, y un olor
que yo no sabía,
y pronto, al llegar donde mi tía
nos llevaba
mé quedé mudo
por la tremenda escena
que se relevó con maravillas.

Creía que estabas soñando
al ver leones, tigres y monos
de muchas categorías.
Y otros animales,
que solamente los había visto
en las películas de Tarzan.
Y quién iba a soñar
de tenerlos aquí en color vivo.

Qué divertido estuve,
lleno de tantas sorpresas
que saltaban en cada esquina.
Y qué contento me puse
cuando me dijeron
el nombre de ese terreno verde
como un mundo de utopía.
Y ese día mí alegría fue inmensa
de tener El Parque Central
en mi nuevo y excitante hogar.

LA MARQUETA

Con carrito de compra
más lista en bolsillo
nos fuimos, yo y Papi
por la mañanita
para hacer los mandados.

Por siempre de estar curioso
insiste ser el compañero
para experimentar otro sitio nuevo
y conocer este pueblo
que me parece vas hacer
mi hogar por mucho tiempo.

Subiendo una cuestita
de la calle ciento dieciséis
estuve totalmente sorprendido
a ver tantas tienditas.
Casi una encima de otras
con ropas colgadas volando en el viento.
Más mesas y mesas llenas
de ollas, vasos, y platos.

Como un hormiguero
estaban las gentes
en una desesperación de locos.
Y casi empujándome
a dar prisa en sus urgentes pasos
y como yo y Papi
con sus carritos de compra
y listas en bolsillos
adentro de carteras de cuero barato.

Hoy, sábado, siento el día de compras
de verduras, carnes, y plátanos.
Y siguiendo a Papi
como un hombre ciego
le aguanté la mano
para no quedarme perdido y solo.

Ocupando el espacio
debajo donde un tren que corría
rápido y escandaloso
para sitios desconocidos.
Entramos ahí, sobrecogido por el impacto
de tantas casillas de frutas, verduras,
productos en latas
pollos, y carnes de cerdo y vacas.

Pero los más curiosos
eran los vendedores
en pantalones negros
y camisas blancas
con pequeños gorritos
pegados en sus pericráneos.
Y guindándose por las orejas
rizos de pelitos largo.

Su idioma era una mezcla
de inglés y español.
Mientras sus muchas acciones de manos
añadían lo que no se podía hablar.
A pesar de que todos se entendían
para terminar sus negocios.

Finalmente salimos
de esas casitas de tiendas.
Y Papi me compró una piragua
de tamarindo y para él de coco.
Tenías muchas preguntas
porque quería saber
de todo lo que pasó ahí adentro
en ese sitio mágico y fascinante.

Apredí de la raza judía
que eran los vendedores
de ese mercado.
Mas en el tiempo
viviendo en El Barrio
estas eran las únicas tiendas
donde todo se compraba.

La Marqueta
donde nosotros Boricuas
encontrábamos todos alimentos
y otras cosas
que necesitábamos
para sobrevivir en este país.

Y para mí, sentí que también nos ponía
más al lado de nuestro Puerto Rico
que tanto amamos
y en La Marqueta
esas memorias nunca se nos olvidarán.

EL SANTO

Encimas de la nevera
donde Titi Ana tenía
sus paquetes de cigarrilos
yo vi unos libritos
que se parecían
a las revistas de héroes
que yo siempre leía.

Por cuántas horas los miraban
de muy lejos
y sin poder calmar mi curiosidad
le pregunté qué eran esos libritos.

Son novelas con retratos,
Titi Ana me dijo,
de un luchador Mejicano
llamado El Santo y es bien valiente.
Y siempre está disfrazado
con una máscara de plata, luciendo
una capa que brilla como
estrellas en las tinieblas
de cielos oscuros.

Todo el día leí las aventuras
De El Emmascarado de Plata.
Y hasta en la noche cuando llegué a casa
no podía quitarme los ojos de El Santo,
ese luchador tan famoso.

TU SONRISA

Me acuerdo
tu sonrisa en la mañana
cuando un sol brillante se asomaba
por la ventana.
Con brindes de un nuevo día
para yo quererte más.

Me fascina
estas memorias preciosas
de tú, mi ser querido.
De la forma que tus ojos
me miraban.
Cómo tus manos
me tocaban mis mejillas.

Mi dulce corazón.
¿Dónde está,
en esta mañana que te busco?
No te encuentro
porque en mi lado tú no estás.
¿Cómo ese amor tan sagrado
se convirtió en una sola memoria
del pasado?
Saturando con dolorosos llantos
a esta alma derrotada.
Olvidada y nunca poder
amarte otra vez.

CANCIONES DEL AYER

Qué preciosas son las sinfonías
de la música de ayer.
Con sus ricas nostalgias
entrando por mi ventana
como si fueran ángeles
inundando en nubes blancas
que flotan en el cielo azul
alumbrada en brillantes colores
de arcoíris.

Qué alegría al amanecer
con memorias sentimentales
de mi niñez.
Cubierto en bellos sueños
cuando mi mundo
era rodeado en un manantial
donde los mismos himnos tocan en las mañanas
son dulces sonidos de caricias santas
que todavía oigo en tu voz.

Cántame, Madre, una canción
como cuando yo era niño.
Esas melodías que me llenaban de amor.
Apoyando con emociones fuertes.
Cultivadas en las sonrisas de Dios.
Cántame, Madre
esas canciones que hablan
de lindas campanas en las mañanas
o de jibaritos contentos
saliendo para la ciudad.

Lindas palabras de música y cuentos
de playas, montañas y valles
palmas de coco y olas del mar.
De un sol inmenso que nunca falla
con sus abrazos calientes
y recuerdos de tus bendiciones
más besos maternales
llenos de amor.

Cántame, Madre, una canción
para entonces poder
soñar otra vez
de los tiempos de antes
de los días que siempre
estuve a tu lado
oyendo tu voz
con tanta alegría
y un amor
—tu amor—
que llevo siempre
en mi corazón.

Cántame mi Madre.
Cántame una canción.

MADRE AMADA

Tú eres la rosa de esos jardines,
que siempre brillan por las mañanas.
Tú eres la simple razón de mi existencia,
que me diste amor y esperanzas.

Por nueves meses tú me cargaste
me cuidaste me diste vida.
Y al nacer tú me bañaste,
con mucho amor, Madre querida.

Me castigabas cuando era malo,
me besabas cuando era bueno.
Te alegrabas al yo reír,
y al llorar, tus dulces manos fueron pañuelos.

Eres la amiga con manos ternas,
mi enfermera de toques santos.
Mi maestra y brillante estrellas,
escucha Madre, mi orgulloso anhelo.

Tus lindos ojos son tan sinceros,
con bellos labios, que besos quiero.
Espero el día que sea padre,
tener una hija con tu amor bohemia.

Que sea linda y bondadosa,
y bien fina como su abuela.
Que su riqueza sean preciosas joyas,
traiga por una simple ola.

Orgullos tengo de presentarme,
al público del mundo entero.
Y gritar el amoroso canto,
que me enseñaste desde el primer beso.

Gracias te doy en este día,
y espero que te sientas orgullosa.
Viviré mi vida entera...
para hacerte alegres mi linda santa.

Espero que siempres seas mi amiga,
como tú fuiste desde niñez.
Y tus consejos que sean sabios,
gracias Madre... la bendición.

Que Dios te acompañe, Madrecita.
(Enero 28, 1978)

¿QUIÉN ERES TÚ?

Desde niño
te miraba,
y me preguntaba,
¿Quién es esa mujer?
¿Quién eres tú?

¿Es usted la señora
que me limpiaba
la cara,
y secaba mis lágrimas
con tibios besos,
y me hacía cosquillas
para oír mis risas
y gritos de alegres llantos?

Desde niño
Encontraba en mis sueños,
sueños de angelitos santos
al escuchar
tus canciones lindas
pero no tan lindas,
como tus ojos
que me llenan de amor,
y alza mi alma
entre las nubes
alumbradas
por rayitos del sol.

Desde niño,
tu voz
fue siempre el escudo
de protección,
la que eliminaba
mis pesadillas
con pequeños besitos,
y bendiciones
de nuestro Dios.

Desde niño,
y en tus manos
apredí maravillas,
y compredí
el simple vuelo
de las mariposas,
y el orgulloso
lamento
del jibarito coquí.

Desde niño
crecí,
y me convertí
en el hombre
que soy hoy,
y todavía
cuando la luna me cubre,
y los ojos
se ponen pesados
me pregunto
¿Quién es esa mujer?
¿Quién eres tú?

Tú eres
la que me llena
con tantos orgullos
e inspiraciones,
quien enriquece
mis sueños
apoya mis triunfos,
y no me permite
de yo ver mis derrotas
como el fin del mundo,
pero solo obstáculos
que juntos
podemos enfrentar,
y derrotar
todo que nos hacen mal.

Ahora que te miro
igualmente
cuando era niño
en mi cuna,
sé quién es esa mujer.

Ella es mi mejor amiga
mi primer y último amor,
mi linda Madre
mi santita,
que Dios puso
en mi vida
para que nunca falte
besos, abrazos
y amor maternal.

LA FLOR DE MI JARDÍN

Me dicen que las rosas
son las cosas más lindas
en los primeros días de primavera
cuando la lluvia de las mañanas
las cubren con gotitas de agua.

Al yo pasar
por esos jardines de flores
sí puedo decir que son preciosas
pero yo he visto
una flor más linda que esas rosas.

Me dicen que la música clásica
con sus sinfonías de violines y pianos
son los sonidos más ricos en el mundo
y yo al oír esa música antigua
sí puedo decir que es verdad,
pero hay algo que suena mejor
porque son para mí
himnos de las glorias de Dios
y vienen en la voz de ella.

Me dicen que un pañuelo de seda
pasado con mucho cariño
en tu rostro al amanecer
tiene el suave sentimiento
y la textura de las alas de ángeles.

Pero a mí me has tocado
algo con más simples caricias
y haciendo el tierno contacto
que solo las manos de ella pueden traer.

En este mundo he visto
maravillas
sueños que se han envuelto
en realidades y tiempos de cuentos
de mi niñez
que me llenan de alegría.

Pero los más grandes
lo más lindo
que estos ojos viejos
han sido testigo
es el simple amor
que ella me das.

Ella ha sido la que ha puesto pesadillas
donde pertenecen
en esos sitios
donde nunca deber temar.

Ella siempre está en mi lado
como un ángel guardián
con su humilde sonrisa
para que siempre alegrías
nazcan en mi corazón.

Ella siempre está con sus fuerzas
para así mis tinieblas
sean actualmente rayos del sol
que yo nunca pude ver
hasta que ella me enseño a ver
con sus ojos
y no con los míos.

Entonces ahora yo puedo decir
que en los jardines del mundo
hay solo una flor
que es la reina
con su belleza
y amor.

Y esa flor se llama
simplemente Madre
y es la flor
más bendecida
por Dios.

Y tú Madre mía
tú eres esa linda flor
que luce con esplendor
en mi jardín.

DESDE LEJOS

Desde lejos cuando tú no lo sabías
te miraba con ojos de ayer.
Si, esos ojos que todavía ven
los tiempos pasados
como si todavía fuera hoy.

No perdí el conocimiento
de la persona que tú eras.
Tu fuerza, tus sueños, tus derrotas
y tus victorias que me imagino
fueron muchas.

La niñita de los campos puertorriqueños,
que vio el mundo como una estrella
brillante y, hermosa.
Y esta estrella esperando
para darle
todas las aspiraciones
que llevabas en su corazón.

SENTIMIENDO DE MADRE

Mi madre,
cierro mis ojos para ver los tuyos
que hasta hoy me llenas mi alma
con ese amor
qué nunca será extrañado
en mi corazón.

Mami, mi linda madre.
Con tus humildes canciones,
poesías en cada palabra
que nace en tus labios
y las regalas
como las bellas flores
que hoy te traemos
en este día
escogido especial
para celebrar
la flor más sagrada
en el jardín De Dios.

Mother!
¡Madre!
¡Mami!
No importa qué palabra grite.
No importa qué frase
sale de mis llantos.
Porque solo esa palabrita
significa amor,
ese amor de fuertes abrazos
y de cariñosos besos.

Como una preciosa flor
naciendo en la primavera
acariciada con besos del sol
y abrazada con vientos de la aurora.

Sí, así es que te veo
cada vez que mis pensamientos
se envuelven con caprichos
que nacen en mi corazón.

Te veo como un día
entrando por mi ventana
humilde y tranquilo
y con voces hablando de los ayeres,
llenándome con alegría,
y con brindes de amor
que vienen en las sonrisas
y ofrecidas con bendiciones de Dios.

Mi Madre, mi santa Madre
tus ojos que han sido testigos
de amores, y de dolores
tristezas y ricas alegrías.

Y todos esos sentimientos
los trato de convertir
como si fueran los míos
para así tenerlos siempre en mi alma.

TE BUSCO

¿En dóndes te escondes
en esta mañana gris?
Si ya el café está preparado
para disfrutarlo
cuando conversamos
de los tiempos de ayer.

Yo sé que te encuentras
aquí conmigo,
pero no te veo.
No oigo tu voz.
No siento tus abrazos
para que me saques
el frío que tengo.

Creo que estás en el aire
pero no puedo
alcanzar las caricias
de tus manos santas.

Qué raro,
porque sé que tú estas
en mi lado
y ahora mismo
tú oyes
cuando mis llantos
tiemblan cuando te llamo.

Madre mía, Mamita preciosa
cómo te extraño en este día
que me pone un prisionero
de mis tristezas.

Por qué Dios
me robó
el simple momento
de estar contigo.
Me quitó a mi Reina
de mi doloroso corazón.

Cierro los ojos
para verte en mi mente.
Me abrazo yo mismo
para sentir tu amor
en mi alma.

MANUEL A. MELÉNDEZ

DENTRO DE LAS MEMORIAS

Dentro de mis ojos
miré con fijeza
en ese sitio
donde memorias nacen
y después añaden
otros cuentos ficticios
cambiando la realidad
y te haces la pregunta.
¿Qué fue lo verdadero,
y lo que no sucedió?

En esos momentos
cuando cierro mis ojos
para poder ver en más claridad.
Es cuando regreso
a los tiempos de ayer
donde existen simples canciones
que hasta los bebés
pueden cantar.

Dentro de mi alma
en ese sitio oculto
donde el amor se encuentra
muchas veces destruido
y solo una brillante memoria
le puede traer una novedad.

Y recientemente
pueda encontrar
esa feliz nostalgia
que solamente esos recuerdos
te ofrecen razones
para que tus risas
se oigan como carcajadas
y se conviertan
como piedritas que se tiran
en el fondo del mar.

MI RESURRECCIÓN

Amigos de la madruguera
cierren los ojos.
Por favor no me miren
en condiciones como me encuentro.
Abochornado y desnudo.
Así como un recién nacido
buscando razones
buscando detalles
de ese extraño mundo
donde me descubro aquí.

Desconocido y perdido
en llantos y penas.
Desalmado, igual que un muerto.
No deseado en ninguno de los mundos
del diablo o Dios.

Amigos de esta aurora
que me baña con un sol caliente
y aumenta mis ansias de este terreno
donde camino descalzo
y envuelto en la peste
de la tierra que cubre mi cuerpo
como si fuera brotado
de una tumba de espantos
en que solicito
esas promesas que recibí
de las iglesias Romanas
escritas por discípulos
caminando en desiertos
donde alacranes llaman su hogar.

Amigos por favor,
alcen mis brazos
y ayúdenme encontrar
esa fe y fuerza
para entonces sentir
el viento de mi resurrección.

HECHIZADO

Cubierto en silencio
aceptando caricias
de una mañana
invadiendo mi cuarto
en un baile de amante.
Despertándome con besos y abrazos
y esa frase tan bella
"te quiero mucho, mi amor."

Mi sonrisa eclipsa
el lustre del sol
y mi corazón palpita
como tambores de guerra.
Estoy hechizado
con tu belleza caribeña,
derrumbándome a tus pies.

Mujer de mis sueños
mi brillante luz
que entraste en mi alma
como una flecha lanzada
desde el arco del ángel Cupido,
embrujándome en tus seducciones
de amor.

MI LINDO BORIQUÉN

Si pierdo la imagen
como las olas estallan y atacan
con una fuerza violenta
sobre las orillas del mar,
entonces me he apartado
de mi lindo Boriquén.

Nunca quiero olvidarme
de la preciosa manera
que las palmas se mueven
cuando las brisas de las mañanas
las invitan a bailar.

Quiero estar rodeado por historias
de los valientes caciques,
los barcos de España,
y los tambores y bailes
de la patria africana.

Que vengan los músicos
tocando esa música de campo.
¡Las plenas, danzas y bombas!
Que toquen el cuatro, maracas y congas
comenzando una gran fiesta
adonde todos en el barrio
están invitados.

Mira, qué delicioso huele
el lechón asado en la varita
y un arroz con gandules en el fogón al lado.
Oye las alegrías de niños que corren descalzos
y las bellas madres
vestidas en trajes de lazos,
mientras los jibaros se beben sus tragos.

Mi linda islita,
si tú pudieras saber
cómo mis lágrimas brotan
al oír las tristes letras
de 'En mi Viejo San Juan'
porque para mí
esa canción habla de mí.

Ay Dios mío
un día regresaré
a ese sitio donde nací
ese sitio que mi corazón extraña
mi paraíso,
mi lindo Boriquén.

SIEMPRE TE ESPERO

Si mis besos
te inundan con armonía.
Si mis caricias espantan
la frialdad de la noche.
¿Entonces por qué
escurres de mí?

¿Por qué, mi amor
es una tragedia,
que corta mis venas
y pone golpes crueles
en mi pobre, decaído corazón?

Dime mujer.
¿Qué le paso a ese amor que tuvimos?
Que nos llenaban con ansias
para estar juntos
envuelto en un abrazo
más poderoso que las paredes
de una fortaleza
formada en ladrillos y hierro.

Pero algo pasó
entre los sueños
cuando nos despertábamos
en lindas mañanas.
Una pesadilla nació.

Trajeron demonios
y maldiciones.
Poniendo cruces negras
en lo que antes era un amor puro,
pero pronto se marchó
para nunca encontrar el camino
donde siempre te espero
si deseas volver.

¿CUÁNDO VOLVERÉ?

Mi tiempo llegará
asi decían los viejos
al juntarse cada mañana
en los escalones de los edificios
del El Barrio en Nueva York.
Bebiendo Bustelo
con pan italiano
antes de sentarse
en las esquinas de las bodegas
para jugar dominó.
Y después de las doce
a beber cerveza
con palitos de ron.

Yo cuando niño
los oía y me preguntaba
¿Si ellos son tan sabios,
por qué están aquí
en estas calles de pobres
esperando que los números
de la Bolita
les traigan riquezas
y casitas al lado del mar
en su Puerto Rico
que quizás ellos nunca volverán?

'Le lo lai, Le lo lai'
canta el jibarito
en sus oídos
y letras de tristeza
cuando cambian el radio
en la estación
donde boleros de tríos
como el Trío Los Panchos
o el Trío Vegabajeño
del mismo pueblito
que vengo yo.

¿Cuándo llegará
el día de mi suerte?
Como preguntaba Héctor
otro jibarito de nuestro país
que dejó las palmas de coco,
las playas azules
para venir a la tierra
de los americanos
que creada en cemento
y mohoso hierro
que te mata tus esperanzas
antes que tus sueños
se conviertan en realidad.

Pero ahora que yo me encuentro
tan viejo como esos ancianos de ayer
yo mismo me pregunto
qué me pasó
cuándo llegará ese día de gloria
ese día festivo
para celebrar en mi Puerto Rico
bañado en sus aguas azules
calentado con un sol caribeño
y oyendo canciones de plenas y bombas
mientras los tambores
ponen mi alma a bailar
con mis ancestros
de sangre Taina
sangre española
sangre africana
sangre de mi Boriquén
sangre de Padre y Madre
sangre que exclama.
¡Yo soy puertorriqueño!
Y si mi suerte cambia
volveré
a la tierra en donde nací
y ahí también moriré.

EL RETRATO ROBADO

En el crucero de la calle
en el viejo San Juan
la pilla contempló
la casa donde riquezas esperan
por estar en su posesión
y al vender de dichas valor
la pilla estará viviendo en lujo
esta tarde si quiere Dios.

Miro de lado a lado
todo en control
y disimulando
que caminaba en paseo
la pilla se acercó
a la casa donde ella esperaba
encontrar joyas y prendas
que le van a traer
buena plata de los bolsillos
de la casa de emeños
en el viejo San Juan.

Y muy sinvergüenza
la pilla entró
por una ventana y pronto se encontró
adentro de la casa
y qué emocionada de alegría
estuvo la pilla
al mirar alrededor
de tantas cosas buenas
de esa casa de una difunta
de Nueva York.

Abrió su saco
y joyas metió
pulseras de oros,
relojes y unos aretes de diamantes
que por poco la hizo gritar
del tesoro que se iba a llevar.

El saco muy lleno
la pilla empezó a marchar,
pero un retrato
en una mesita
le trajo atención
y acercándose miró
a una linda dama
en esa foto donde una vela
la iluminaba con esplendor
también había un rosario
encima del libro de Dios
y un jarrón con margaritas blancas
y la pilla pensó.

¿Será esta mujer
la dueña de esta mansión
o quizás la bella madre
de los que viven aquí?
Se sintió penosa
al mirar la imagen de esa mujer
que lucía una humilde sonrisa
y ojos como estrellas
que parecían iguales a los de su misma Mamá
que murió en la Navidad.

Una tristeza le agotó el corazón
y sin ningún aviso
la pilla lloró
pues en ese retrato ella podía oír
su madre suplicándole
"Hija, la vida de pillo
no es la vida que yo te enseñe."
Y pasaron minutos y la pilla suspiró
sus lágrimas bajaban libremente
y avergonzada puso el saco en el piso
y por la ventana
la pilla se fue
y solo el retrato de la difunta
la pilla se llevó.

Pues los retratos de su misma madre
ellas los vendió
a un artista que sus obras
eran de los rostros de madres
que se fueron con Dios.
Y si la pilla quería que tener la vida
como su madre le enseño
ella tenía que tener
este retrato para poder oír
los consejos de su madre
que estaba en el cielo.

Secándose sus lágrimas
la pilla partió
pero antes de irse
dejó una nota al lado
de las margaritas blancas,
la vela, el rosario, y el libro de Dios.

"Perdone que me robe el retrato
de su querida Mamá,
pero me apuesto que ustedes tienen
otros más en su posesión.
Pero yo no tengo ni uno
para recordar a Mamá
y este retrato lo cuidaré
junto a mi corazón.
Y ahora no seré más nunca huérfana
porque tengo a su preciosa mamita
como mi angelita
para que me des el amor
que extraño desde el día
que Mami murió."

¡AUXILIO, SOCORRO!

Encerrado igual que un común loco
en mi propio manicomio
entre cuatro paredes que se mueven
lentamente para el centro
manteniéndome prisionero
y pronto estaré sofocado
con solamente algunas purgadas
que niegan mi libertad.

¡Auxilio, socorro!
Esos son mis gritos.
¡Auxilio, socorro!
Buscando a alquien
que me salve
de esta pesadilla
este miedo que me tiene agarrado
sin poder respirar
con una opresión
que posea mi alma
sin poderme liberar
de algo parecido a una muerte
tocándome con manos frías
y ya no puedo soportar
estas condiciones reservadas
solamente para un diablo
en este maldito lugar
que me encuentro encerrado
como un animal.

Por favor mis fieles amigos
por favor ustedes mis enemigos también.
Tírenme una soga de rescate
para yo poder escapar
de esta prisión mental
donde me encuentro
y si no me fugo de este sitio
seguro que al amanecer
me encontraran en el mundo
del más allá.

Vengan todos de las glorias
báñame en aguas bendecidas.
Arrópenme en las túnicas
que Reyes Romanos vistieron
cuando eran espectadores
de las guerras de gladiadores
en la arena del Coliseo
donde muchas muertes
florecen como flores
en un jardín cubierto
en sangre y dolor.

Mi sagrado Dios te imporo
que mandes a tus ángeles
que me arrebaten de este infierno
donde mi vida esta caída
sin ninguna compasión
y únicamente tus bendiciones
serán la salvación de esta alma
que yo he tratado en arruinar
con mis vicios y cobardía,
pero ahora mi Diosito,
te suplico con estos llantos
de arrepentimientos.
¡Auxilio, socorro!
Sálvame por la ultima vez.

CAFÉ CON LECHE

Abriendo mis ojos lentos
me asomo a mi lado
siendo un testigo
de que la noche me dejó.
Pues es una mañana maravillosa
que se estrecha
afuera de mi ventana
y todavía está arropada
con las sombras de la madrugada.

Muy divina esa mañanita
vestida en colores de verde y azul
y envuelta con una brisa de verano
calmando mi alma mientras
me recuerdo de ti.

En estos pacíficos momentos
me llevan a las memorias del pasado
cuando debajo de rayos de una aurora
—tú y yo, madrecita—
bebíamos café entre intercambios
de palabras nacidas de amor.

Miramos a la distancia
donde podemos encontrar
un regalo de Dios que luce
como un tesoro puesto por ángeles
que bajaron de las glorias
para poner esas riquezas
en nuestros pies.

Ay mi linda Madrecita,
si yo pudiera arrancar
los tiempos del pasado
y ponerlos como nuevos días
yo te digo mi hermosa Madre
hoy será uno de esos ratos
para tenerte en un abrazo
y sentir ese amor maternal.

Sentados en una mesa
con las tazas de café con leche
y palabras que vienen
con alegría y armonía
porque son mensajes
viniendo emocionado
desde el fondo de nuestros corazones
que se extrañan desde el día
que Dios llamó tu nombre
y más nunca esa taza de café con leche
podemos disfrutar.

NOVATOS DEL AMOR

Detrás de todos los recuerdos
me encontré aquí.
Aquí donde cuentos de hadas
y relatos de historias mundiales
se mezclan como esos pensamientos
que ocupan una inactiva mente
particularmente a las tres de la mañana.

Vinieron como humildes muchachos
sin saber qué rumbo
tenían que coger
entonces quietos se quedaron
con miedo de molestar.

Y en uno de esas meditaciones
pensé en nuestro fracaso
que vino disfrazado
como un amor de felicidad.

En esos tiempos éramos niños
en un mundo de adultos.
Novatos cuando simplemente
profesionales eran los únicos
personajes necesitados
para existir.

Pero creyendo que la vida
nos traigan sabiduría,
entramos en el deporte
que muchos aún han sido derrotados
porque no tenía la inteligencia
para jugar ese juego de amor.

No cogió mucho tiempo
para encontrar
las dificultades que se descubren
en las reglas requeridas para ganar.

Y más rápido que pensábamos
destrozados nos quedamos
antes de completar
esta dicha metra que nos dio
esta maldita existencia
y como inexpertos participantes
no valió la pena
no valió la lucha
porque esta maldecida vida
estuvo segura de causar nuestra derrota
y burlando de nuestras penas
nos dejaron como abandonados
en la orilla de la calle donde
el amor cruel siempre residirá
riéndose a carcajadas
de los novatos del amor.

DEBAJO DE UN ÁRBOL

En una caminita larga que decidí coger
sintiéndome perezoso
y un poco aburrido
que solamente pensé
andando sin rumbo
me podría poner en una
mejor disposición.

Era un Domingo adormecido
envuelto en un cielo nubloso y gris,
y en caso si llueve más tarde,
agarré una sombrilla y me fui.

Después de unos cuantos pasos
tropecé con una calle vacía
y lo primero que observé fue
un banco debajo de un árbol de fresa
con un tronco flaquísimo y doblado
pareciéndose a una estatua de un viejo.

A través de la calle
chorreaba un turbulento río
las burbujas del agua
un sonido agradable
que pronto me puso dormido.

Y debajo del árbol me acomodé,
una brisa lenta y fría
bailaba alrededor de mí
y cerrando los ojos ahí descansé
pues todavía la pena de un amor perdido
tenía mi corazón en un apretón fuerte
que me negada la alegría que busco yo.

En pesados recuerdos mi alma lloró
y en un triste llanto le supliqué
que se callara, pues ya ese cariño murió
y fue enterrado en un sepultar
en donde nunca flores debo llevar.

CELEBRACÍON DE VINO

Finalmente la descubrí
escondida no muy lejos
donde yo bebo el vino
de mi celebración.

"¿Qué celebras?"
Ella me pregunta
al decidir salir fuera de las sombras
y entrar en el centro de la luz
"¿Cuál es la celebración?"
Otra vez su cuestiona
entran en sus labios
que quizás desean una copa de vino
para juntarse en mi festividad.

La contemplé con una mirada extraña
la clase de vistazo
reservada para vagabundos
o perros que quieren morder.

La observo con un poco de interés
mientras termino la copa de vino
y sin pensarlo la lleno otra vez
pues hay que celebrar
esta hueca fiesta
que viene solamente cada año
y tengo que mantenerla y nunca dejarla
que se muera.

¡NO! ¡NUNCA!

"¿Por qué gritas?"
Ella viene a mi lado
y su perfume me asfixia
con deseos de tener en mis brazos
la mujer que muchos años
yo con mis vicios la enterré
en un cemeterio de penas y llantos
en ese cementerio que siempre

está inundado como un río de lágrimas.

Levanto la copa de vino
y me abandono en el aroma
del néctar italiano
ese líquido morado
que trago para sufrir el martirio
el día que la perdí.

"Te estás emborrachando,"
ella se sienta a mi lado
y me toca con un cariño
que me rellena de esa tristeza de rencor
"Y tú sabes," ella sique platicando.
"Esa bebida del diablo te enferma tu mente,
y siempre te lanza en las llamas del infierno.
¡Por favor ya es tiempo,
que termine esta maldita celebración!"

Con ojos en estado de embriaquez
la miro con odio
porque a ella yo no la invité
a mi privada celebración.
Resentido, me paro,
con botella y copa
tambaleando en piernas débiles
y arrastrando mis palabras
le grito que se largue de aquí.

Con una sonrisa, que me derrota,
y pronto ella se sacude de la risa
causada por las payasearas
que el vino me estremece.

Y sin fuerza y avergonzado
dejo que la botella y copa
caiga al piso
terminando esta celebración
que rompe el corazón
como el día que ella se fue
cuando conoció
que el vino italiano
era mi amante
y que ella, mi pobre mujer
nunca pudo competir
cuando el vino italiano
venía a celebrar mi estupidez.

OBRA MAESTRA

Compañeros, sí, ustedes mis amigos fieles
nos reuniremos y brindemos este cuadro de arte
que hasta Picasso estará fascinado, admirando
cada brochazo en mi obra maestra.
Una creación que todos los museos de arte
pelearán por tener mi innovación
en sus viejas y famosas paredes.

Alcemos las copas de vino
tiremos exuberantes gritos
a las horas de esta noche íntima.
Puesto que ustedes, mis acompañantes,
celebramos esta vistosa pintura de arte.

Admiren la exquisita manera
que las pinturas de aceite dieron vida
a esa tela blanca.
Y ahora en frente de todos usedes
una diosa aparece cuando fuerzas del más allá
guiaron mis manos.
Y finalmente ilustrar
el elegante rostro de la mujer que yo amo
desde cuando era un joven
bañado en sueños.

Fíjense en sus ojos
que poseen el color de los montes.
Y su preciosas mejillas con tintes
de pétales de rosas.
Mas una sonrisa que hace a la Mona Lisa
llorar en celos.

Y su pelo castaño
luce como olas del mar caribeño.
Mientras diamantes formados
en estrellas
brillan con magnífico resplandor
en sus tiernas orejas
donde yo ponía mis besos

cuando era su amante.

Abran otra botella
de ese vino
importado de Italia.
Que en esta especial noche
nos emborracharemos
en esta festividad que estalla en mi alma.

Dioses de religiones oscuras
los invitos en mi baile de diablos.
Alaben la creación de un hombre
con un amor que se lo negaron.
Y después de años atrapados
en un maldito infierno
finalmente, encontré mi libertad
en este cuadro pintado
con fuerzas ganadas en un pacto
que tuvo que hacer en desesperación.

Y ahora gracias a un alma vendida
tengo la esencia de esa mujer
prisionera en mi obra maestra.
Y últimamente asumo ese amor
que la muy bandida
me arrancó de mi crédulo corazón.

Compañeros, brindemos
en largos tragos de vino.
A aplaudir esta obra maestra
que hice con mi propia alma
para tenerla otra vez
como la amante que rechacé olvidar.
La que nunca quise realizar
ese amor de ella
Dios no lo creo para mí.

MALDITO EL DÍA

No sé qué ocurrió
entre los sueños de esa noche
cuando dormimos
como dos seres de amor.
Arropado en el brazo del otro
y despertamos en una pesadilla
donde nuestros cariños fallecieron.

Nos miramos
con ojos extraños
caminando en una calle
de doble vía
y fingiendo sabiendo
que nuestro amor
ya no existe más.

Qué pena,
me digo a mí mismo
ni me atrevo a tratar
de revivir algo que quizás
nunca tuvimos.
Solo hicimos creer
que un amor sucedió
cuando solamente fue
un error de dos corazones ciegos
buscando ese calor de queridos
que ninguno de nosotros
teníamos para ofrecer.

Entonces
con hombros decaídos
preparo mi bulto
y me tiro
en caminos desconocidos
que esta mañana
me puso a mis pies
y con odio en mis labios,
maldito el día
en el que te conocí.

LA TACITA DE MAMI

La taza de café que Mami me compró
cuando los dos invitábamos a las mañanas
a compartir con nosotros la calma luz de Dios.
Ayer se dio una caída y se rompió
y una tristeza y un poco de ira reventó en mi corazón.

Pero ahora después de una buena dormida
y más controlado con mis emociones
como si una voz de un ángel vino en el aire
susurró en mi oído ofreciéndome una idea
poniéndome en un buen humor.

"Rescata la taza de la basura y con un poco de pega
juntala
y aunque verás las marcas donde se rompió
todavía estará completa para usarla otra vez
y si no se puede usar para beber café
como esas mañanitas en la cocina de Mamá
entonces siembra una plantita en el nombre de algo
que te traiga alegría y darle otra vida nueva
a la taza de café que te regalaron con amor.

Imagínate qué lindo mundito vas a creer
adentro de esa tacita de café.
La que te llena de recuerdos de esos tiempos
sentado al lado de tu Mamita bebiendo café y platicando
y sentir esos bellos toques adentro de tu corazón
que ella inundaba con amor."

Con una sonrisa en mis labios y un alma contenta
me puse un perfecto proyecto en mi cabeza.
Marcharé y compraré tierra y una linda plantita
para poner adentro de la taza de café.
Y admirar cómo esa plantita vas a crecer
como una preciosa vida llena de verdes hojas
y un arcoíris de flores perfumadas
y nombraré a mi hermosísima plantita
"La Tacita de Mami."

EN SUEÑOS, ESCUCHO TU VOZ

Anoche,
envuelto en los tejidos de sueños
escucho tu voz.
Sentí tu presencia
como si fuera un aire
que entró de repente en el cuarto.
Y sorprendido me quedé quieto
esperando, rogando en silencio
y de pronto me consulté
si todo esto es solamente las sobras
de estos plácidos sueños
que me cautivaron
en una ola de paralización.

Entonces, ahora
—despierto—
arropado en la oscuridad de la noche.
Busco contestaciones
para aceptar todo
sin cuestionarlo.

Que no fue en sueños
donde apareció tu voz,
pero llegó en el aire
soplado desde el más allá.
Trayéndome tus dulces palabras
igualmente, como nos saludamos
con bromas, rizas,
y cuentos de lo que pasó en el día
y la tranquilidad que tus bendiciones
me llenaban con ese amor maternal.

Por lo tanto,
hoy cuando la noche me canta
con canciones de cuna.
En alegría cerraré mis ojos
y esperar que en sueños
volver a oír
tu serena voz,
esa dulce voz
que nunca quiero olvidar
y siempre quiero escuchar
para el resto de mi vida.

FLORES PARA MAMÁ

Con un corazón pesado
te traigo a ti, Madre sagrada,
estas flores con sus ricos perfumes
para celebrar este día dedicado para ti.
Pero también traigo mi tristeza
y un corazón roto
en mil pedazos
porque en este Día de Madre
no te puedo abrazar.

Tu sonrisa solo la cargo
en mi decaída memoria
y mis lágrimas derrumban silenciosas
en los pétalos de las radiantes flores
que espero que desde el luminoso cielo
las puedas apreciar.

Y espero que tu alcance
el aroma del ramo que las sostengo
en manos que me tiemblan
cuando delicadamente las pongo
en esta tumba que nos separan eternamente.
O hasta el día que Dios llame mi nombre
y tu mi bella Madre
estará en la orilla del más allá
con un abrazo, con un beso,
y una gran bendición
para darme la bienvenida
en tu nuevo hogar.

Madre mía,
escucha mis llantos que explotan de mi alma
porque desde el día que Dios llamó tu nombre
y entraste en el palacio de las glorias
hay un lugar vacío en mi pobre corazón
y nada en este mundo
lo puede rellenar.

Ahora en rodillas
y con las flores que arrastran en este piso
donde muchas lágrimas han caído
le ruego a Dios que te ponga a su lado
y que los ángeles te bañen con amor.

Con gritos llamo tu nombre
y sin fuerza levanto las flores
recitando este poema
que como todos las Día de Madres
escribía para ti.

Madre mía,
acepta estas flores
como prueba de mi amor.
Y este ramo de flores
es la cosecha de esa adoración
que los dos plantamos
en el día que yo nací.

Bendición, Mamita mía
Feliz Día de Madres.
Que Dios te bendiga
y que la Virgen te cuide siempre.

Bendición, Mamita mía.
¡Bendición!

ABRAZOS EN TU RETRATO

En mis manos aguanto tu retrato.
El mismo que nos obsequiaste
como un íntimo regalo
para que tú siempre estés aquí.

Ahora que tú estás en el cielo
yo encuentro en ese retrato
tu espíritu,
y ese bendecido amor,
que crece con más fuerza que ayer.
Imaginándome que tú estás ahí adentro
y por eso te doy un fuerte abrazo
orando que tú en las nubes de las glorias
siente los cariños de ese abrazo también.

¿Lo sentiste?
Como el mismo último que te di
aunque con tristeza no me recuerdo
cuando ese abrazo sucedió.
Porque pensando en mi ignorancia
que tú ibas a estar aquí para siempre
para arroparnos con tus abrazos
y hablar cómo el día pasó.
No puse mucha importancia
en el último día que nos vimos.

Dios mío,
si pudiera tener ese día
esas veinte cuatro horas que estuve
cerca de mi linda Madre
cuando mi despedida
no tuvo la misma ansía
que tengo ahora que no estás aquí
para nuevamente
saludarte y abrazarte otra vez.

En mis manos sigo aguantando
tu retrato que un profesional fotógrafo
capturo tu esencia, tu belleza, y elegancia
que estuvimos orgullosos de tenerte como
nuestra Madre, nuestra jibarita de Vega Baja
que se convirtió en nuestra REINA en Nueva York.

Afuera de mi ventana
oigo los sonidos de este día
llegando a su final.
Mientras yo sigo admirando
tu hermoso rostro
y tus cariñosos ojos
que juro me miran a los míos
y me brinde con tu simple y humilde sonrisa
que siempre me llena con amor.

En lágrimas le suspiro a ese Dios en las nubes
que me dé otra vez ese día que mi mente se olvidó.
Y estoy con gusto dar mi vida
para poder abrazarte a ti, mi bella Madre otra vez.
Y escuchar tu voz con sabios consejos
y tus bendiciones más de quince veces
antes de decirnos ese doloroso adiós.

AMOR PERDIDO

Tu amor
como el sol en un día nublado
salió por un ratito
para entonces esconderse otra vez.
Y en mi vida tan perdida
ese amor nunca regresó.

No sé qué pasó en esos tiempos
cuando éranos amantes
y mi corazón palpitaba
a tenerte junto a mí.
Pero poco a poco
ese amor perdió su lustre
dejándome derrotado
cuando tú, mi linda joya,
decidiste irte y para nunca volver.

Que trágico fue ese momento
a tu arrancar ese amor de mi alma
y en mil pedazos mi vida se quedó.
Vacía y destrozada
y esta maldita derrota
no la puedo soportar.

Pero te digo, mujer
no importa cuántos años han pasado
todavía tu amor yo lo anhelo
esperando con fiel locura
que ese amor regrese
y finalmente poner esa alegría
en mi agotado corazón.

EN UN CUARTO DE MEMORIAS

En una mañana lenta
me tropecé con una puerta
que se mantiene cerrada
y es donde se guarda las memorias
de esos tiempos del ayer.

Con un interés al borde de la obsesión
decidí con llave en mano
abrir esa puerta y entrar
en un oscuro cuarto
para finalmente darle luz.

Ahí en cada esquina
me encontré con tantos recuerdos
empezando con los días
de nuestra niñez y en caminos
que nos trajo a ese doloroso día
cuando Dios te quitó de nuestros brazos
para elevarte adentro de sus palacios
donde ángeles vuelan con alas blancas
mientras santos alaban con sus oraciones
a nuestro Padre Celestial.

Al principio, una tristeza entró buscando lágrimas,
pero pronto se convirtió
en llantos de alegría
cuando oímos esas memorias
de tus canciones en lindas mañanas del pasado
cuando cantabas mientras nos hacías chocolate caliente
o una buena comida.

Igual que páginas de un libro sagrado
presentar a todos lo que hiciste
como la mejor Madrecita
que Dios puso en este mundo
y nosotros fuimos afortunados
de recibir esa riqueza
que siempre llegó en tus besos y bendiciones
y fue nuestra introducción

de lo que significa esa simple palabra
que Corintios en la Biblia
llamó Amor.

Meditando en silencio
lancé una vista a ese cielo
donde yo sé que tú nos mira
y ahora en una forma angélica
tus abrazos fuertes son recibidos
como una santificada bendición.

Perfumado en el humo de inciensos
y alumbrado por la velita que prendí
en tu sagrada memoria.
Rezando con la misma calma
que tú nos enseñaste
porque es la única manera
de poder hablar con Dios.

Y sabiendo que tenemos
la atención de Nuestro Divino Padre
le damos mil gracias
por ofrecernos ese orgullo
de llamarse a ti nuestra Madrecita
nuestra Reina bonita
que, aunque ahora vives en los jardines
de la infinita gloria
de ese sitio nos acaricias con ese amor de Madre
con esas bendiciones
que nos sique acompañando
y trae alivio a nuestras almas
porque sabemos
que no importa si estás ausente
siempre tú, Madrecita,
vivirás con ese amor tierno
en nuestros corazones.

CONSTRUYENDO UN POEMA

¿Cómo se construye un poema
para que sus versos alcancen el cielo?
¿Con qué tinta se puede escribir las palabras
para que no se borren con la fría lluvia
de la serena mañana?

¿De cuál color será el papel
para que se pueda mezclar
con las brillantes estrellas?
¿Cuáles labios recitarán
estas rimas nacidas
de un alma vestida en luto?

¿Serán de los labios de ángeles
que se divierten en las nubes?
¿O serán de los de mi Madre
con su humilde sonrisa al leer mis letras
inspiradas por el amor que poseo para ella?

¿Qué prosa usaré para detallar
mis sentimientos,
los que tengo pegados en mi pecho?
¿Podré explicar estas emociones
con claridad y mis simples anhelos?

Quizás la mejor manera de escribir
esta poesía que le dedico a ella,
es si estuviera reconstruyendo una casa
y usando frases como si fueran ladrillos.
Así, poco a poco, construirlo como esos palacios
donde ella viste en trajes de seda.

En este momento déjame poner estos versos
con el mismo cariño y dulce amor
que tengo para ti, mi Madre querida.
Esas letras que siempre cargo como tesoros
adentro de este corazón suspirando en sus heridas.

Llenaré esas páginas vacías
con composiciones dedicadas a tu memoria.
Así anotaré todos tus cariñosos besos
que todavía los aprecio como cuando los recibí.
Suspiré con la seguridad que tus abrazos
me arropaban cuando mi mundo se ponía gris.

Así escribiré este poema iluminado con tu luz
y esperando que encuentren la manera de llegar
a ese pedestal donde estás parada ahora
acompañada con tus seres queridos.

Madre mía,
entonces, acepta este simple poema
que en mis humildes maneras
lo escribo y está dedicado para ti.

Un simple poema,
para ti mi linda Madre
y así te juro que nunca
te olvidaré y siempre te recordaré,
como lo que eres,
como lo que siempre será
nuestra Madrecita,
la razón de nuestro existir.

EN LA COCINA DE MAMÁ

En la cocina de Mamá
entre las ollas y casos,
sartenes de varios tamaños
y el caldero donde se hace el arroz,
aquí, me encuentro yo.

Todavía puedo oler el sofrito
—hecho a mano—
y el bistec en salsa y mucha cebolla
mientras al lado
las habichuelas rojas se cocinan
en un fuego lento
como ella las aprendió a hacer
en la cocina de mi Abuela.

Qué rico se huele ese aire
como si estuviera junto
en fogones criollos.
Los mismos donde mi linda Madre
aprendió y perfeccionó
esos deliciosos platos
que solamente se encuentran
en los hogares de jibaritos
de las montañas en mi nostalgia tierra Borinqué.

En un tiempo me quedo en silencio
mientras en memorias me transporto
en esos días de ayer
cuando mi bella Madre
hacía un banquete para sus pollitos
—como ella nos llamaban—
en nuestra maravillosa niñez.

Me acuerdo las ricas fragancias
del arroz con gandules
y un pernil asado
para darle celebración
al nacimiento del Niño Jesús.

Y nunca me olvidaré
del rico café colado
cuando Papi se iba a trabajar
en esas mañanas frías y oscuras
en el pueblito de Vega Baja
donde yo nací.

Tantas memorias corren en mi mente
al yo estar parado en esta cocina.
Dondé ella hizo sus sabrosas comidas
y su primer ingrediente
que nunca faltaba,
fue un condimiento,
mi Madrecita siempre ponía en el fogón.
Aquí, en la cocina de Mamá
fue donde yo aprendí ese adobo
que simplemente
se llama amor.

SOBRE EL AUTOR

Manuel A. Meléndez es un premiado autor puertorriqueño, nacido en Puerto Rico y criado en East Harlem, N.Y. Es autor de tres novelas de misterio/sobrenatural "When Angels Fall", "Battle For a Soul", y "The Cowboy". Cinco libros de poesía, "Observations Through Poetry" "Voices From My Soul" "The Beauty After The Storm" "Meditating With Poetry" y "Searching For Myself" Dos colecciones de relatos navideños, "New York-Christmas Tales Vol. 1 and 2" Dos colecciones de relatos de terror sobrenatural, "Wicked Remnants" y "Outbursts of Horror" una colaboración con El Davíd. Dos novelas, "In the Shadows of New York". "Battle for a Soul" fue galardonada en los Premios Internacionales de Novela de Misterio 2015 y "When Angels Fall" fue votada por los LatinoAuthors.com como la Mejor Novela de 2013. Su relato "A Killer Among Us" fue publicado por Akashi Books en la antología "San Juan Noir". El autor vive en Sunnyside, N.Y. cosechando cuentos de las calles de la ciudad.